榮獲第一屆塞爾帕(SERPA)
國際繪本獎首獎
塞爾帕市政委員會贊助

致 愛蓮娜

文‧圖/喬安娜‧艾斯特拉
翻譯/李家蘭
美術設計/林佳慧
手寫字/林小杯

執行長兼總編輯/馮季眉
編輯總監/周惠玲
編輯/徐子茹、戴鈺娟、李晨豪
印務經理/黃禮賢
印務主任/李孟儒

社長/郭重興
發行人暨出版總監/曾大福
出版/步步出版Pace Books
發行/遠足文化事業股份有限公司

地址/231新北市新店區民權路108-2號9樓
電話/02-2218-1417 傳真/02-8667-2166
Email/service@bookrep.com.tw 客服專線/0800-221-029
法律顧問/華洋國際專利商標事務所‧蘇文生律師
印刷/凱林彩印股份有限公司

初版一刷/2018年8月 初版四刷/2021年3月 定價/300元
書號/1BSI1030 ISBN/978-986-96286-8-6

我的妹妹

文·圖/喬安娜·艾斯特拉

翻譯/李家蘭

步步出版

親愛的妹妹，

我不太確定妳是哪裡人，
但我確信妳不是地球人。

妳太煩人，所以被外星人丟下來了。

我為妳選了名字......

莫妮卡

妳講話不清不楚，
卻一直說個不停。

我把已經不能穿的
衣服都給妳了，

妳最愛穿的卻是
爸爸的衣服。

妳亂畫我的書......

小精靈跳到木筏上，順著水流快速溜走。

—— 誰快來阻止這個小偷啊！——青蛙媽媽大叫。 —— 他拿走了我的珠寶！

公主順著岸邊跑，企圖追趕，但是沒有多久，木筏就不見蹤影。因此公主只好放棄。

—— 河水流向魔幻山谷。跟著我來吧，我知道一條捷徑。——沼澤中有一隻動物輕聲說。

牠全身佈滿鱗片，看起來很重，每踩一步、地面就震一下。

公主默默跟著這個動物，踩著爛泥前進，一路上看到許多像這樣的動物，但是牠們都在睡覺。

這大概是應該睡午覺的時候吧。

又拿了我的亞馬遜公主，
把她的頭摘掉。

妳竟恩將仇報，
摧毀了一整個城市……

……還吹熄人家的蠟燭。

我所有的東西都必須
跟妳分享。

包括長水痘.

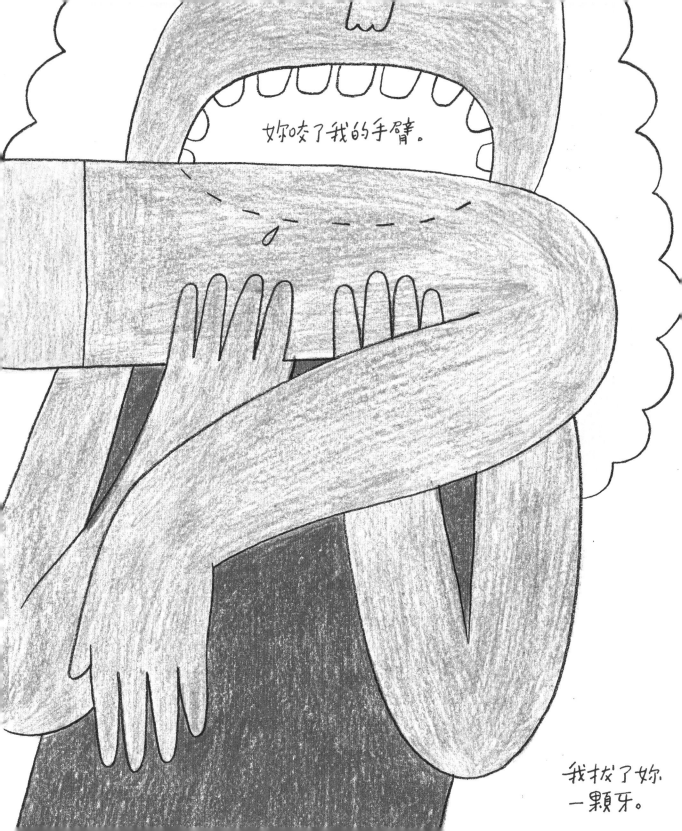

全家裡面，
妳和我長得最像。

媽媽

爸爸

我們倆的鼻子長得很像，
跟爸爸媽媽的都不一樣。

我發現「兄弟姊妹」不等於「朋友」。

這沒有比較好或比較壞，就只是不一樣。

我們的生活點滴都混在一起。

襪子也是。

因為妳是我的戰友、我的玩伴；
我也是妳的戰友和妳的玩伴。

愛妳的
姊姊

PS.絕對不准再碰我的東西！